Textos: Andrea Pau
Ilustraciones: Erika De Pieri
Color: Alessandra Bracaglia

Proyecto y realización editorial Atlantyca Dreamfarm s.r.l., Italia
Título original: *Trappola tra i ghiacci dinozoici!*
Versión original publicada por De Agostini Libri S.p.A., Italia
© de la traducción: Manel Martí, 2014

Destino Infantil & Juvenil
infoinfantilyjuvenil@planeta.es
www.planetadelibrosinfantilyjuvenil.com
www.planetadelibros.com
Editado por Editorial Planeta, S. A.

© 2013 - Atlantyca Dreamfarm s.r.l., Via Leopardi, 8, 20123 Milán - Italia
© 2014 de la edición en lengua española: Editorial Planeta, S. A.
Avda. Diagonal, 662-664, 08034 Barcelona
Derechos internacionales © Atlantyca S.p.A., Via Leopardi, 8, 20123 Milán - Italia
foreignrights@atlantyca.it/www.atlantyca.com

Primera edición: septiembre de 2014
ISBN: 978-84-08-13031-4
Depósito legal: B.15.176-2014
Impresión y encuadernación: Cachiman Grafic, S.L.
Impreso en España - Printed in Spain

El papel utilizado para la impresión de este libro es cien por cien libre de cloro y está calificado como **papel ecológico**.

Andrea Pau

Trampa en el hielo

Ilustraciones de
Erika De Pieri

 DESTINO

EN UNA PREHISTORIA LEJANA LEJANA, los dinosaurios y los humanos compartían la misma tierra. ¡No era nada fácil! Los dinosaurios, que ya llevaban allí un tiempo, no veían con buenos ojos a éstos: ¡qué trogloditas eran los humanos! ¡Y cuántos piojos tenían! En cambio, temían a aquellos animalotes llenos de garras y colmillos. Hasta que un día, un cachorro de dinosaurio tímido y listo se topó con un cachorro de humano maloliente y bribonzuelo…

¡Y así fue como empezaron las aventuras más divertidas de todas las eras geológicas!

¡Bienvenidos a la prehistoria dinozoica!
Nosotros somos Mumú y Rototom
Y éstos son nuestros amigos y amigas.
Dinosaurios empollones, cachorros
de humano revoltosos,
tigres que hacen de maestros...
¡Juntos viviremos un sinfín de aventuras, a
prueba de terremotos y lluvias de meteoritos!

¡Toc!

¡Tu!

¡UNA CONFUSIÓN... MEGALÍTICA!

En la prehistoria, el alba es todo un espectáculo.

El sol, al despertarse, ilumina lentamente todo el mundo, por mucho que el mundo tenga el sueño pesado. Y es que ya se sabe ¡a mamuts, pterodáctilos y brontosaurios les encanta dormir hasta tarde!

Aquella mañana, el poblado de los hombres tampoco era una excepción. Rototom dormitaba acurrucado en la cola de su amigo Mumú, que había ido a visitarlo la noche anterior.

El cachorro de humano y el dinosaurio roncaban como dos volcanes en erupción, contentos de

estar juntos. ¡Desde que se conocieron se habían convertido en los amigos más megalíticos de la prehistoria!

En las cabañas del poblado, los otros niños y niñas también dormían la mar de a gusto. Alma descansaba sobre sus rizos rubios dispuestos a modo de almohada. Granito, en cambio, soñaba que se convertía en el mayor inventor de refranes del mundo (profesión para la cual, a decir verdad, no estaba dotado en absoluto).

El poblado estaba tranquilo y silencioso.

Sólo se oía cantar a un pequeño pterodáctilo madrugador, obstinado en emitir un agudo que producía escalofríos.

Y entonces, el suelo fue sacudido por una vibración. RUMBLERRUMBLERRUMBLE…

—¡Ah, qué bueno soy! —dijo la cría de pterodáctilo, con el pecho henchido de orgullo—. ¡Mi voz es tan poderosa que hace vibrar todo el oasis!

Sin embargo, al momento se percató de que la vibración seguía, aunque él no cantase. Y entonces, olvidándose de sus gorjeos, echó a volar asustadísimo, aleteando como una oca dinozoica.

Madame Popup, la maestra de dientes de sable, se despertó sobresaltada.

—¡Por todos los colmillos cariados de mi abuela —exclamó alarmada—, ¿qué es este estruendo?!

No hay que extrañarse de que un tigre conviva con los humanos: ¡es más, ni siquiera era el único animal presente! El caso era que, tanto ella como

Capítulo 1

Otelo, el mamut del poblado, en cierto momento de sus vidas como animales salvajes, decidieron que ya eran demasiado viejos para pasarse el día corriendo de aquí para allá por la jungla. De modo que se ofrecieron para ayudar a los humanos: Madame Popup como maestra y Otelo como achacoso sabio de referencia.

La tigresa miró por la ventana y se sobresaltó.

¡Una gigantesca manada de animales corría hacia el oasis! Mamuts, osos, jabalís... todos avanzaban veloces como liebres prehistóricas (que, como era de esperar, encabezaban el grupo) y parecían aterrorizados.

Irrumpieron en masa en el poblado, sembrando una confusión... ¡¡¡bestial!!!

—¿Quién osa turbar el descanso de los arrugados? —exclamó Arrugarrú, el jefe del poblado. Con las prisas, había salido de su cabaña en ropa interior.

—¡AURG! ¿Quién ha puesto el despertador tan temprano? —preguntó Granito, rascándose el trasero.

Mumú y Rototom también se asomaron.

La visión del dinosaurio asustó a los animales.

—¡Sálvese quien pueda! ¡Un dinosaurio comeliebres! —gritaron las liebres prehistóricas.

—¡Socorro! ¡AUHHH! ¡Un dinosaurio comelobos! —aullaron los lobos.

—¡Piedad, piedad! ¡Un dinosaurio comerratones! —chillaron los ratones dinozoicos.

Mumú trató de calmarlos.

—¡Tranquilos, no como animales! —les explicó—. Sólo tomo leche, flanes, tartas, pimientos… hum, y un montón de cosas más, ahora que lo pienso. Pero ¡animales, no!

Los lobos recobraron su sangre fría.

—Entonces ¿qué haces en este oasis de humanos? —aulló desconfiado uno de los lobos.

¡una confusión... megalítica!

—¡Oh, aquí tengo muchos amigos! —respondió Mumú—. Por cierto, ¿y vosotros qué estáis haciendo aquí?

Un oso dio un paso al frente. Era gigantesco, de abundante pelaje y uñas larguísimas.

—¡Buscamos refugio! —dijo, y se sumió en un llanto desesperado—. ¡BUAAA!

—Así es —prosiguió una liebre—: Veréis, vivíamos en los bosques del Norte. Allí el clima era fresco, el sol templado, las zanahorias jugosas. ¡Al menos hasta ayer, ESNIFFF!

—¿Por qué? ¿Qué sucedió ayer? —preguntó Rototom, intrigado.

—¡Una GLACIACIÓN! —respondió la liebre—. De un día para otro, se han congelado los árboles, los lagos, las zanahorias… ¡Todo se ha convertido en un gran, gigantesco, megalítico helado! ¡Hemos tenido que huir para no acabar igual!

Madame Popup asintió, seria.

—Hum, ya se sabe… ¡en la prehistoria, las calamidades siempre están al acecho! —sentenció.

Entonces intervino una mamut hembra. Era toda rosa, con un mechón rubio en la cabeza.

—¡No sabemos adónde ir! —resopló—. ¡Ni qué hacer!

—¡No te preocupes, hermanita! ¡Yo me ocuparé de todo!

El que acababa de hablar, era… ¡Otelo!

Todos lo miramos con los ojos como platos: ¿¡¿había dicho «hermanita»?!?

LA HERMANA DE OTELO

La mamut corrió hacia Otelo. Hizo temblar tanto el suelo que algunos cocos cayeron de las palmeras y rodaron tras ella con gran estruendo.

¡TUMP! ¡TUMP! ¡TUMP! ¡TUMP! ¡TUMP!

—¡Hermanito! —exclamó la enorme señorita colmilluda—. ¿Qué haces aquí?

Otelo no cabía en su pellejo de contento.

—¡Gladiola, querida hermana! —exclamó, con los ojos brillantes de emoción—. ¡Hacía una era geológica que no nos veíamos!

—¡Qué exagerado! —lo regañó su hermana con cariño—. ¡Realmente te he echado de menos!

¡Ambos se abrazaron con las trompas, es decir, se «trompearon»!

En ese instante, Rototom tosió:

—¡Ejem!

Otelo se dio cuenta y dijo:

—¡Oh, disculpad! —exclamó—. ¡Aún no os he presentado! Ella es Gladiola, mi hermanita.

—¡¿Hermanita?! —repitió Granito—. Pero ¡si es más grande que el Monte Boscoso!

Gladiola, que era muy vanidosa y no soportaba las críticas relacionadas con su aspecto físico, lo fulminó con la mirada.

—¡No estoy nada gorda: sólo tengo algunas curvas de más! —replicó—. Y en cualquier caso, mira quién fue a hablar... Con ese barrigón tan mugriento, ¡pareces la Colina Estancada!

—¡Eh, sin ofender! —le espetó Granito—. Yo no soy sucio, ¡soy ESPESITO! ¡¡¡Mira qué piojos tan hermosos!!!

Arrugarrú interrumpió la discusión.

—Ejem, ¡os damos la bienvenida, queridos animales! —exclamó—. ¡En la prehistoria resulta sumamente difícil sobrevivir, así que debemos ayudarnos unos a otros!

—¡Sí, podríamos encontraros un nuevo hogar! —sugirió Alma.

—¡Muy bien, Alma! —dijo Rototom entusiasmado. Y a continuación se dirigió a los animales

y añadió—: ¡Si os portáis bien, incluso os daremos de merendar!

—¡No será mi merienda! —aclaró Granito.

—¡Síííí! ¡Viva! —se regocijaron los animales—. ¡¡¡Gracias, humanos, gracias!!!

Gladiola les dio un trompazo de aprobación a los niños.

—¡Sois unos cachorros de humanos muy simpáticos! —dijo—. A excepción del panzudo con piojos, por supuesto…

Granito le hizo una mueca megalítica.

—¡Además, las sorpresas aún no han terminado! —anunció la mamut. Respiró profundamente y gritó—: ¡Tenacillaaa! ¡Abuela Colmillaaa!

Sin embargo, nadie acudió a su llamada.

Otelo reconoció al instante los nombres de su prima y de su abuela.

—¿Abuela Colmilla y Tenacilla están contigo? —preguntó, mirando a su alrededor.

—Bueno… ¡estaban! —respondió su hermana—. Pero ahora no las veo. Sin embargo, cuando huimos, iban detrás de mí. ¡Buaaaa!

La mamut estalló en llanto, angustiada por la suerte de sus dos familiares perdidos.

Todos se pusieron a buscar por todas partes: detrás de las palmeras, entre los arbustos… ¡incluso debajo de los ratones!

—¿Acaso creéis que un mamut podría esconderse detrás de mí? —objetó el ratón más anciano.

—¿Y por qué no? ¡Quizá eres un falso flaco! —respondió Gladiola—. Pero ¿dónde se habrán metido la abuela y Tenacilla?

—¡Tal vez se hayan perdido! —aventuró Alma.

—¡Quizá se hayan rezagado! —supuso Mumú.

—¡A lo mejor se han hartado de tenerte cerca! —masculló Granito.

Rototom intervino:

—Vamos a buscarlas… ¡Tal vez necesiten ayuda!

—¡Muy buena idea! —barritó Otelo.

—Pero es que a mí el frío me mata… —gimoteó Mumú, estremeciéndose—. ¡Me voy a convertir en un helado dinozoico!

—¡Ayudar a alguien es más importante que pasar un poco de frío! —sentenció Otelo.

Para los mamuts, la familia es algo fundamental. Aunque parezca que todo les resbala, en realidad los mastodontes son animalitos muy sensibles.

—¡Vamos, Mumú, no seas miedica! —exclamó Rototom—. Y, además, ¡quizá en el Gran Norte demos con algún pariente tuyo! ¿No se te ha ocurrido pensarlo?

El dinosaurio dio un brinco. En el poblado de los dinosaurios no había ninguno que tuviera su aspecto: por eso, el sueño de Mumú era hallar por fin un ejemplar similar a él.

—¡Por mil millones de meteoritos, tienes razón, Rototom! —admitió—. Y bien, ¿a qué estamos esperando? ¡Todos en marcha!

Los niños sonrieron y se prepararon para el viaje. ¡Iba a ser una aventura megalítica!

¡HACIA EL NORTE!

Mientras las liebres, los osos y todos los demás animales eran atendidos por Arrugarrú y el resto de humanos, los niños metieron en un gran zurrón todo cuanto pudieran necesitar.

Otelo comprobó que lo que llevaban fuera de utilidad:

—Aquí están las mantas… las pieles gruesas… todas las provisiones… ¡Eh, ¿quién ha metido toda esta fruta?!

Granito se encogió de hombros y respondió:

—¡Yo! ¡¿No pretenderás que vayamos hasta allí sin víveres?!

¡Hacia el Norte!

—No, pero aquí hay al menos dos o tres quintales de mangos y piñas… —observó el mamut, asombrado—. ¿No te parece que te has pasado? Además, ¡este saco voy a llevarlo yo en la grupa!

—¡Ufff, ya estás adoptando las maneras de tu hermana! ¡Trae, puedo cargar yo solo con toda esta fruta sin problemas! —resopló Granito.

Alma esbozó una sonrisa, mientras Granito se echaba la gigantesca saca de fruta sobre la espalda.

Después, el pequeño grupo partió, despedido por Plumona, la fiel gaviota de Granito, que por una vez se quedó en el oasis: ¡habituada como estaba al aire cálido del desierto, no le apetecía en absoluto congelarse en el hielo!

Gladiola decidió que recorrerían a la inversa el trayecto de ida, para así descubrir dónde se habían quedado Tenacilla y la abuela Colmilla.

Capítulo 3

A medida que se alejaban del poblado, el paisaje comenzó a cambiar.

Los verdes, amarillos y marrones de las plantas, las frutas y la tierra, se iban transformando en distintas gradaciones de blanco y, poco a poco, todo se fue convirtiendo en quietud y silencio. Árboles congelados, hierba cargada de escarcha, bellotas atrapadas en el hielo y arbustos duros como el mármol…

¡Hacia el Norte!

Y no sólo eso. El suelo también estaba conge-lado y caminar por la superficie helada resultaba muy difícil.

—¡Haced como yo! —sugirió Alma, mientras apoyaba los pies con cautela—. ¡Poned el pie muy plano y procurad no perder el equilibrio!

Granito se lamentó:

—¡Por mil meteoritos, vamos más lentos que un perezoso dinozoico!

Dicho esto, el muchacho aceleró el paso, hundiendo sus grandes pies en la nieve y el hielo. Pero no tardó en resbalar al pisar una piedra helada y se cayó sentado en el suelo. Entonces empezó a deslizarse por la superficie helada, a la velocidad de un cometa.

SWIIISSSSSSSSS

—¡Socorroooooo! —gritó.

Iba directo hacia una gigantesca roca plana, que golpeó de lleno con la cabezota.

¡CRACK!

Al instante se llevó las manos a la frente y empezó a gritar desesperado:

—¡¡¡Oh, nooo, qué tragedia!!!

Rototom estaba a punto de correr en su ayuda, pero Mumú lo detuvo.

—Si resbalamos, nos sucederá exactamente lo mismo… ¡haz como yo! —le sugirió.

El dinosaurio sacó dos mantas del zurrón y comenzó a envolvérselas alrededor de las patas, como si fuesen unas zapatillas.

—¡Leí este truco en mi selección de grafitos preferida! —le explicó, muy orgulloso—. La piel de estas mantas es rugosa e impedirá que resbalemos sobre el hielo… ¡Además, nos mantendrá las patas muy calentitas!

Pero Rototom, testarudo e impaciente, no escuchó el sabio consejo de su amigo y se lanzó al hielo en busca de Granito.

—¡No hay tiempo para estrategias! —gritó, al tiempo que se deslizaba como una pastilla de jabón dinozoica.

Capítulo 3

Cuando llegó hasta su amigo, trató de frenar clavando su cachiporra en el suelo, pero la madera resbaló en la superficie lisa y Rototom acabó igual que Granito, dándose contra la gigantesca roca. ¡CATACRACK!

En ese momento, Mumú, calzado con las pieles enrolladas, llegó junto a los dos niños, que seguían aturdidos por el impacto.

—¿Estáis bien? —les preguntó.

—Creo que sí… —respondió Rototom.

—La verdad es que yo estoy fatal —se lamentó Granito, con lágrimas en los ojos.

Mumú y Rototom se apresuraron a examinarlo.

—¿Te duele la cabeza?

—¡No! —respondió él.

—¿El trasero? Con ese batacazo…

—¡No!

—¿El brazo? ¿La pierna? ¿Las orejas? ¿Te has mordido la lengua?

¡Hacia el Norte!

—¡No, no, no y NO!

—¡Entonces, ¿se puede saber por qué te quejas tanto?!

—¡La FRUTA! —respondió Granito, señalando el saco que llevaba a la espalda. Estaba totalmente vacío—. Se ha destrozado contra el hielo… ¡La MERIENDA! ¡¿Cómo podré seguir adelante sin merienda?! ¡Estoy perdido, acabado, extinguido!

ROTOTOM ROMPEHIELOS

Después de que sus queridos amigos lograran recuperar algunos mangos, Granito se puso de nuevo en marcha junto con el resto del grupo. Todos (aparte de los mamuts, que estaban habituados a pasear por suelos helados) usaron las gruesas pieles para cubrirse las patas y los pies, como había hecho Mumú. Y así lograron avanzar sin mayores problemas.

Mientras caminaban, Rototom iba golpeando con su cachiporra el hielo de delante.

¡TUM! ¡TUM! ¡TUM!

—¿Por qué haces eso? —le preguntó Mumú.

—Tus zapatillas son un invento estupendo, Mumú, pero yo no me fío del hielo —respondió el niño—. ¡Así, antes de que me haga resbalar de nuevo, lo voy rompiendo!

Avanzaron paso a paso, al ritmo de los golpes que asestaba el chico.

¡TUM! ¡TUM! ¡TUM!

Entretanto, el paisaje seguía cambiando. Tras los árboles y los matorrales congelados, nuestros amigos hallaron una extensión de hielo lisa como un espejo.

Gladiola observó el paisaje, pensativa. No le sonaba haber visto aquella llanura en el viaje de ida… Y entonces, cuando el grupo ya se hallaba en medio de aquella planicie helada, lo entendió.

—¡Esperad un momento! Esto no es una llanura —dijo—. Aquí había un lago… ¡y se ha helado por completo!

—¿Un lago? —repitió Alma.

—¿Un qué? —preguntó Rototom distraído, todavía empeñado en dar cachiporrazos a cuanto se le ponía por delante.

¡TUM! ¡TUM! ¡TUM!... ¡CRAAAAAACK!

El niño asestó el último golpe con demasiada fuerza y la espesa capa de hielo que cubría el lago se resquebrajó.

—¡Rototom ha agrietado el hielo! —avisó Otelo—. ¡Tenemos que ponernos a salvo en tierra firme, de prisa!

—¿Y dónde está la tierra firme? —preguntó Mumú aterrorizado.

El mamut señaló con su trompa un punto situado más adelante, donde los árboles empezaban a crecer como por arte de magia.

—¡Debemos llegar hasta allí! —dijo—. ¡Rápido, chicos, agarraos a nuestras colas!

Alma y Granito sujetaron la cola de Otelo, mientras que Rototom y Mumú se cogieron a la de Gladiola.

—¡Ay! ¡No tiréis con tanta fuerza... que me hacéis daño! —protestó la mamut.

Y entonces, tras tomar impulso, Otelo y su hermana echaron a correr por el hielo a toda velocidad. A su lado, la grieta que estaba resquebrajando el hielo se abría paso con gran rapidez.

¡CRRRAAAAACCKK!

—¡Más de prisa, más de prisaaa! —gritó Rototom, que se lo estaba pasando de miedo.

—¡Frena, que este lago me da mareos! —chilló Mumú, con los ojos cerrados del canguelo.

¡La carrera duró menos de un minuto, pero al dinosaurio le pareció más larga que una era geológica!

Por fin todos se pusieron a salvo en la orilla del lago, jadeando a causa del esfuerzo. O, mejor dicho… ¡casi todos!

En realidad, Mumú, que pesaba mucho, perdió algunos segundos en la resbaladiza superficie, se quedó el último y la grieta lo alcanzó, dándole un buen susto. El hielo cedió con gran estruendo y nuestro amigo se hundió en el agua helada del lago. ¡PLOF!

—¡Por mil millones de meteoritos… voy a coger una pulmonía! —gimió el dinosaurio.

Luego empezó a sumergirse.

BLUP BLUB BLUB…

Sus amigos observaron la escena horrorizados.

En cuanto el mechón de Mumú desapareció de la superficie, Rototom se quitó las zapatillas y, arriesgándose a extinguirse por congelación, se lanzó a las aguas del lago, ¡PLOFPLOF!

MIEDO
EN EL LAGO

La situación era dramática.

Fuera del agua, Alma, Granito y los mamuts trataban de distinguir algo entre las agitadas aguas.

—¡No veo nada! —se lamentó Gladiola—. ¡Ahí abajo está todo más negro que los pies de Granito!

—¡Ahora no es el momento para cumplidos! —replicó el niño—. ¡Ante todo, hemos de pensar en el modo de salvar a nuestros amigos!

Alma metió un pie en el agua.

—¡Está muy fría, pero podemos lograrlo! —exclamó—. ¡Granito… hemos de zambullirnos!

Miedo en el lago

—¿¡¿Qué?!? —respondió él, aterrorizado—. Pero si hace al menos ocho semanas que no me baño… ¡no puedo echar a perder mi capa de mugre zambulléndome en el hielo!

—¡¿Crees que éste es el momento de pensar algo así?! —le recriminó la niña—. Muy bien, miedica… entonces ¡iré yo sola!

Y dicho esto, la intrépida Alma se quitó las zapatillas y se zambulló entre las heladas aguas.

Las aguas del lago estaban oscuras y frías, tanto que aterrorizarían incluso a un oso polar.

Alma abrió los ojos bajo la gran superficie y vio a Rototom braceando en busca de Mumú, que cada vez se hundía más y más.

Al fin, el chico dio una brazada más enérgica, alcanzó el dinosaurio y lo agarró de la cola.

Mumú, aturdido por el hielo, no reaccionaba.

Rototom intentó arrastrarlo a la superficie con todas sus fuerzas: lo cogió por las aletas, por el 'hocico, por las patas… pero nada: ¡el dinosaurio pesaba demasiado para él! Además, tanto esfuerzo había agotado su reserva de aire y sentía que lo abandonaban las fuerzas.

Alma trató de llegar hasta él, pero estaba demasiado lejos, así que se vio obligada a subir de nuevo a la superficie.

Entretanto, bajo el agua, Rototom divisó una gran sombra de color violeta que nadaba por debajo de Mumú.

Miedo en el lago

Y en ese instante, un gran chorro de agua gélida surgió del agujero que se hizo en el lago helado.

—¡No, NO quiero bañarme! —exclamó Granito, sobresaltado, retrocediendo cuanto pudo.

Pero entonces, algo emergió del lago.

Otelo y Gladiola se quedaron lívidos.

—¡Un mon-mon-monstruo! —gritaron a coro.

Al oír esas palabras, Alma se apartó el agua de los ojos.

—¿Un monstruo? —repitió.

—¡SERÁ UNA BROMA, ¿NO?! —respondió una voz cavernosa.

De la grieta que se había hecho en el hielo, acababa de surgir un gigantesco reptil de color violeta, más grande que cualquier dinosaurio u otro animal que hubieran visto nunca. Y con la boca sujetaba a Mumú y Rototom… ¡empapados, pero vivos!

El reptil los dejó en tierra firme y los mamuts los hicieron entrar en calor con su pelaje.

Alma, que no le temía a nada, se acercó a aquella enorme cabezota y dijo:

—¿Quién eres, señor monstruo? —le preguntó, apartándose un tirabuzón mojado de la frente.

—Pero ¡qué monstruo ni qué monstruo...! Soy Néstor Escamaverde (Nessie, para los amigos), y vivo en este lago.

Mumú, que había vuelto en sí, observó atentamente a su salvador y se quedó alucinado. Era violeta como él, tenía un mechón pelirrojo en la cabeza como él, el hocico redondo y alargado como él... ¡Aunque sus dimensiones fuesen gigantescas, se le parecía muchísimo!

Emocionado, el dinosaurio se le acercó. ¡Por fin una criatura que se parecía a él! Incluso podría tratarse de un familiar... un tío, un primo en cuarto grado, ¡o tal vez un bisabuelo político!

Néstor vivía en el lago, pero podía ser un ejemplar acuático, o un apasionado de la natación.

Miedo en el lago

Movido por la curiosidad, Mumú se acercó a la orilla y se presentó muy educadamente:

—¡Me llamo Romualdo Leopoldo Tercero, Mumú para los amigos! Gracias, Nessie… ¡sin ti, ahora sería un dinosaurio bajo cero!

Néstor sonrió.

—Oh, no hay de que qué… —respondió—. ¡Es lo mínimo que puedo hacer por un colega!

A Mumú se le empañaron los ojos de golpe.

—¡¿Has dicho colega?! —repitió—. ¿Quieres decir que somos de la misma especie?

El gigantesco reptil se lo quedó mirando.

—Sí, nos parecemos —reconoció—. Pero…

—¡Qué emoción! —lo interrumpió Mumú—. ¡Por fin he hallado a un semejante!

—¡Espera, déjame acabar la frase! —contestó—. ¡Si te fijas, tu cuerpo es distinto al mío!

Y, dicho esto, Nessie se tendió en la superficie del lago: en efecto, su cuerpo era alargado, como el de una enorme anguila, y no tenía patas.

Mumú lo miró y suspiró algo desilusionado. Sí, Nessie pertenecía a otra especie.

—¡Y ahora debo irme! —dijo el monstruo, despidiéndose—. Voy a retomar la siesta que me habéis interrumpido. ¡Si volvéis a pasar por esta zona, acercaos a saludarme!

Y se zambulló de nuevo en el lago, dejando a Mumú triste y alicaído.

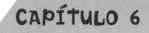

EL REY DE LAS HOGUERAS

Prosiguieron la marcha y los árboles que crecían en la orilla del lago fueron dejando paso a un bosque tupido como las espinas de un puercoespín.

Sin embargo, había algo que nunca cambiaba en el Gran Norte: todo estaba helado, tremendamente gélido y nevado. ¡Hacía tanto frío que hasta las nubes estornudaban!

Cuando el sol ya estaba a punto de ponerse, decidieron hacer un alto y descansar en el margen del bosque.

Alma se empleó a fondo para encender fuego: primero, con la ayuda de Gladiola, despejó la

nieve de un rincón en el suelo. Luego buscó unas ramitas secas, las limpió del hielo y las apiló. Por último, cogió dos pedernales que siempre llevaba consigo y los frotó uno contra otro.

Lentamente, las dos piedras empezaron a desprender chispas y poco después el grupo estaba sentado frente a un buen fuego, feliz de poder calentarse manos y pies.

—¡Eres una niña de lo más habilidosa, Alma! —le dijo Gladiola, muy cortés. A continuación, miró a Granito y añadió—: No como otros amigos tuyos…

Él, ofendido, se golpeó el pecho con el puño y exclamó:

—Ahora verás como yo también sé encender un fuego… ¡Y más grande que el suyo!

Y dicho esto, cogió los pedernales, apartó la nieve de debajo de un gran árbol y recogió suficiente leña… para calentar todo un poblado.

El rey de las hogueras

—¡Ya veréis qué fuego, ya veréis! —dijo altanero, mientras frotaba con fuerza las dos piedras.

Pero nada: ni una chispa.

—Diría que tus llamas son más bien tímidas, ¿eh, Granito? —observó Gladiola, divertida—. ¡Al parecer no quieren salir!

Otelo reprimió una carcajada, mientras Granito frotaba los pedernales cada vez con más fuerza.

—¡Quien ríe el último, ríe mejor! —replicó con la lengua fuera para con-

centrarse mejor.

Por fin brota-
ron dos peque-
ñas chispas
debiluchas
que hicie-
ron pren-
der una
llamita.

Pero al cabo de unos instantes, de las ramitas empezó a elevarse un humo negro y muy denso.

—¡Cofff! ¡Cofff! —tosió Mumú—. ¡Has puesto troncos demasiado verdes, Granito!

—¡Cuando la leña está húmeda, produce humo! —confirmó Rototom, recordando las enseñanzas de Madame Popup.

—¡Aún soy bastante joven y atractiva para convertirme en un jamón de mamut ahumado! —exclamó Gladiola, mientras retrocedía para esquivar el humo.

Enfadadísimo, Granito se apresuró a echar un tronco más seco a su mísero fuego, que prendió de golpe y de él se levantó una altísima llamarada.

—¡Ja! ¡Ja! Ahora ya no me criticáis, ¿verdad? —dijo el niño, con satisfacción.

Luego empezó a bailar alrededor del fuego, haciendo girar la cachiporra por encima de su cabeza en señal de victoria.

El rey de las hogueras

—¡Mi fuego es el mejor! ¡Mi fuego es el mejor! —canturreaba—. ¡Inclinaos ante Granito, el rey de las hogueras!

Pero justo entonces, una pequeña avalancha de nieve cayó del árbol que se erguía junto a la hoguera y sepultó el fuego y al niño.

¡CHAFFFFFFFF!

Capítulo 6

Gladiola se rió, haciendo oscilar la trompa.

—¡Menos mal que eres el rey de las hogueras! —comentó—. ¿No sabías que es peligroso encender un fuego debajo de un árbol? ¡El calor disuelve la nieve! ¡Por lo que veo, además de maleducado, también eres un poco ignorante!

—¡Eh, tampoco exageres! —dijo Otelo—. Granito ha aprendido la lección. ¡Cuando yo era joven, nadie me aconsejaba! Tuve que aprender solo y…

—¡No, por lo que más quieras! —lo interrumpió su hermana, aterrorizada—. Si empiezas a hablar de cuando eras joven, ¡harás que todos nos extingamos de aburrimiento!

Rototom, Alma y Mumú se echaron a reír, e incluso a Granito, que estaba de morros, se le escapó la risa.

Los cuatro amigos pasaron la noche calentitos, abrigados con el espeso pelaje de los mamuts.

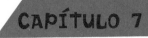

¡QUÉ CANSANCIO DINOZOICO!

A la mañana siguiente, Gladiola en plena forma, despertó a todo el mundo temprano.

—¡En pie! ¡¡¡En pie!!! —gritó—. ¡Tenemos que encontrar a la abuela y la prima Tenacilla!

Mumú bostezó y estiró las escamas. Le hubiera encantado roncar unas cuantas horas más, pero no podía ser.

La pequeña caravana se puso en marcha a través de los bosques.

Gladiola miraba todo el rato a su alrededor, convencida de que podría haber algún rastro en cualquier parte.

—¡Sí, sí, reconozco ese bloque de hielo de allí abajo! —gritó de pronto—. Y mirad aquel gran montón de nieve… ¡lo recuerdo perfectamente!

—Ejem, en realidad... —se atrevió a decir Rototom— hay bloques de hielo y montones de nieve POR TODAS PARTES…

—¡No te burles de mí, niño! —le espetó Gladiola—. ¡Te digo que vamos en la dirección correcta!

Los dos mamuts comenzaron a ascender por un empinado sendero, seguidos por los niños en fila india. Rototom, Alma y Granito trepaban con agilidad, mientras que Mumú avanzaba a duras penas el último.

—¡Esperadme… se me hunden las patas! —se lamentó.

¡Qué cansancio dinozoico!

—¡Porque pesas demasiado! —le hizo notar Alma—. ¡Tienes que dejar de tomar tanta leche con patatas fritas!

—Pero ¡está tan rica…! —respondió el dinosaurio. Sólo de pensar en un buen cuenco rebosante, sus ojos se abrieron soñadores.

Justo en ese momento, Otelo y Gladiola, que encabezaban el grupo, se detuvieron de golpe.

—¡AAAAAAAALTO!

Los niños no tuvieron tiempo de frenar y se dieron de bruces con el poderoso trasero de Gladiola, como en un choque en cadena prehistórico.

—¡¿Se puede saber por qué os habéis detenido de golpe?! —gritó Granito.

—¡El camino está bloqueado! —explicó Otelo.

El mamut les enseñó a sus compañeros de viaje una alta pirámide de troncos que obstruían el paso.

—¡El hielo ha tronchado las raíces y el viento ha hecho caer los árboles! —supuso Alma.

Gladiola torció la trompa con aprensión.

—¿Y ahora, qué? —preguntó—. La abuela y Tenacilla debieron de pasar por aquí… ¡no podemos abandonarlas en medio del hielo!

Rototom examinó atentamente la pirámide de árboles y tuvo una inspiración.

—¡Ya lo tengo! —exclamó—. ¡Los troncos están apiñados, pero si los cogemos de uno en uno podremos transportarlos!

—¡No pretenderás moverlos tú, enclenque con cachiporra! —objetó Gladiola.

¡Qué cansancio dinozoico!

—¡De eso, nada! —respondió el niño—. No soy lo bastante fuerte… Pero ¡Otelo, Mumú y tú, sí!

—¡Es verdad! —convino Alma—. ¡Para vosotros es como una montaña de mondadientes!

Mumú y los dos mamuts intercambiaron una mirada. Los niños tenían razón. ¡Había llegado el momento de sacarle partido a su corpulencia!

Se pusieron manos a la obra. Otelo levantaba un tronco con la trompa, Gladiola lo sacaba del montón y Mumú lo hacía rodar por el suelo hacia los márgenes de la pista.

Capítulo 7

Trabajando en equipo, lograron al final despejar el sendero en un periquete.

Los niños les felicitaron:

—¡Habéis estado fantásticos! Qué fuerza, qué potencia, qué…

— … ¡¡¡Qué CANSANCIO!!! —suspiró Mumú—. Primero la nieve, después la escalada y ahora los troncos… ¡Por mil millones de meteoritos, esta aventura es mucho peor que una clase de gimnasia!

—¡Vamos, vamos, no hay tiempo que perder! —los exhortó Rototom—. ¡Dos pobres mamuts necesitan nuestra ayuda!

¡UNA TORMENTA ESCALOFRIANTE!

Por suerte para Mumú, la cuesta se convirtió muy pronto en un llano y el dinosaurio pudo mantener el ritmo de la marcha sin fatigarse tanto.

Al menos hasta que empezó a soplar un viento gélido y muy fuerte.

—¡No os separéis de Gladiola ni de mí! —les ordenó Otelo—. ¡Nosotros os resguardaremos!

Pero el viento siguió arreciando, levantando la nieve en forma de remolinos y de copos helados. ¡Pero ni siquiera la gigantesca corpulencia de los mamuts podía hacer frente a aquella tremenda ventisca!

—¡S-se-se me están co-co-congelando las alas! —se lamentó Mumú.

—¡Rápido, cubrámonos con las pieles! —sugirió Alma, que siempre tenía un montón de ideas—. ¡También podemos usarlas como capuchas!

Rototom, Granito y Mumú siguieron su consejo, pero las ráfagas de viento levantaban las pieles como si fuesen sábanas y la ventisca les producía escalofríos.

—¡Tenemos que encontrar un refugio! —exclamó Rototom—. ¡De lo contrario, pronto estaremos más tiesos que un helado de estegosaurio!

—Pero ¡¿cómo haremos para encontrar un refugio en estos parajes?! —objetó Mumú—. ¡No

creo que haya ni tan sólo una cabaña en todo el altiplano!

—¿Quién sabe? —replicó Alma, siempre tan optimista—. ¡Vamos, demos una pequeña vuelta de reconocimiento!

—¿Con este hielo? —intervino Granito—. Yo incluso prefiero permanecer bien cerca de la antipática Gladiola… ¡Al menos, nos proporciona un poco de calor!

—¡Tranquilo, ya iré yo! —contestó Alma—. ¡Desde arriba podré ver si hay algún refugio!

—Pero ¡no quiero que te congeles por nuestra culpa! —se opuso Rototom, preocupado por su amiga.

—¡Venga ya, no seas tan pelmazo! —le espetó Alma, que además de valiente también era orgullosa—. Antes han sido Otelo y Gladiola quienes nos han ayudado con su corpulencia, ¿no es así? Bien. Pues ¡ahora me toca hacerlo a mí con mi ligereza!

En efecto, de entre todos, ella era la única capaz de saltar de árbol en árbol como un auténtico chimpancé.

—¡Vale, pero ponte dos mantos! —le dijo Rototom, mientras envolvía a la niña con una cálida pelliza.

Granito, por su parte, le puso unas suaves orejeras bajo la capucha.

—¡Con esto siempre tendrás las orejas calientes! —le dijo.

Mumú, que era demasiado friolero para desprenderse de su pelliza, tuvo una idea: se acercó a Otelo y, con sus garras, cortó una guedeja del suave pelo del mamut.

¡Una tormenta escalofriante!

—¡Eh, ¿qué estás haciendo con mi pelaje?! —se lamentó Otelo.

—¡Tranquilo, no voy a estropeártelo! —le dijo Mumú para tranquilizarlo—. ¡Con todo el que te queda, seguirás siendo el mamut más peludo del poblado!

Luego, se acercó a Alma con aquel suave montón de pelo y se lo envolvió alrededor del cuello.

—¡Oh, qué bufanda tan maravillosa! —dijo la niña, complacida—. ¡Gracias, Mumú! ¡Gracias, Otelo!

Y besó al mamut en la mejilla.

Al instante, Otelo dejó de quejarse y se puso más colorado que una gamba prehistórica.

En ese momento, pertrechada como una exploradora de los hielos, Alma trepó al árbol más cercano. En cuanto alcanzó la copa, y tras observar los estragos causados por la tormenta, saltó ágilmente a otro árbol.

Desde abajo, sus amigos seguían los saltos de la niña con muchísima atención.

Cada vez que Alma saltaba, ellos gritaban a coro:

—¡OOOHHH...!

Y cuando alcanzaba una
rama sana y salva, suspiraban
aliviados—. ¡FIUUU!

Así que, durante un rato, todo fue una suce-
sión de OOOHHH y FIUUU.

Hasta que por fin, Alma anunció:

—¡Puede que haya encontrado algo! ¡Rápido,
venid hasta donde estoy!

Intrigadísimos, sus amigos se dirigieron al árbol en que se encontraba la niña.

—¿Dime, qué has visto? —preguntó Gladiola—.
¿Una caverna gigante?

—¿Una cabaña calentita y acogedora? —dijo Granito, con voz soñadora.

—¿Una camita? —sugirió Mumú.

Pero ninguno de ellos lo había adivinado.

Y es que Alma había encontrado… una simple hendidura en el suelo. Todos se sintieron bastante desilusionados.

Pero la niña les explicó su idea.

—¡Esta grieta es lo bastante profunda como para que quepamos todos! ¡Ahí abajo, el viento dejará de ser un problema!

—Desde luego, no es una cama… —observó Mumú.

—Ni una cabaña calentita —musitó Granito.

—Ni tampoco una caverna gigante… —añadió Gladiola.

Pero Rototom los reprendió:

—¡Vamos, dejaos de tantas historias! La grieta es perfecta. ¡Y si además ponemos algunos troncos

atravesados, incluso po-
dremos tener un estu-
pendo techo sobre nues-
tras cabezas!

Tenía razón. De pron-
to, sus amigos se sintie-
ron bastante culpables
por ser tan quejicas.
Bien mirado, Alma ha-
bía arriesgado su vida
por el grupo… y ellos
no hacían más que
refunfuñar.

Avergonzados y
obedientes, todos en-
traron silenciosos en
la hendidura, a la es-
pera de que la géli-
da tormenta pasase.

¡BOLAS DE NIEVE!

Al cabo de un buen rato, el viento amainó por fin.

Los niños salieron de la grieta con la ayuda de los mamuts. Estaban descansados, pues habían aprovechado aquella pausa para echar un sueñecito. Y se sentían frescos… ¡lo cual no era de extrañar, con aquel clima!

Se pusieron en marcha más ligeros que antes.

Granito estaba bromista. De vez en cuando, se ocultaba tras un árbol y…

¡PAC!

Lanzaba una bola de nieve megalítica contra la cabezota peluda de la pobre Gladiola.

¡Bolas de nieve!

—¿Quieres acabar de un vez con estos juegos de primitivos? —se enfadaba ella—. ¡Eres el cachorro de humano más zopenco que he conocido nunca!

Granito, sin embargo, se lo pasaba bomba incordiando a aquella mamut tan antipática y estuvo toda la tarde usándola de diana y tronchándose de risa.

¡PAC! ¡PAC! ¡PAC!

¡PAC! ¡PAC! ¡PAC!

Pero cuando Gladiola recibió la enésima bola de nieve en los colmillos, decidió contraatacar: formó una gran esfera de hielo con la trompa

y la empujó a través del suelo nevado, haciéndola más grande.

Granito dejó de reírse y observó la bola con cierta preocupación.

—¡Eh, Gladiola, no estarás pensando en arrojarme esa especie de avalancha, ¿verdad?!

Ella se rió y dijo:

—¡Nooo, qué cosas tienes!

Luego, empujó con fuerza la mastodóntica bola de nieve, que empezó a rodar en dirección al niño.

Granito echó a correr lo más de prisa que pudo:

—¡Ufff! ¡Así no valeeeeeeeeee!

¡Bolas de nieve!

El niño huía a toda velocidad, pero la bola era más rápida que él y lo alcanzó, atrapándolo en su interior.

Granito comenzó a rodar, aprisionado en aquella masa blanca.

—¡Perdóname, Gladiola! ¡No volveré a hacerlo! —le prometió.

Al final, la bola impactó contra un montículo de nieve.

¡PATAPLAF!

Rototom y Mumú corrieron a ayudar a Granito.

—¿Cómo estás? —le preguntó Mumú.

—Bueno… yo estoy bien —respondió el niño, que a duras penas lograba mantenerse en pie—. ¡Ha sido el mundo el que ha decidido girar a mi alrededor!

Mumú y Rototom se rieron con ganas, mientras se les unían Alma, Otelo y Gladiola.

—¡Así aprenderás a no lanzarme bolas de nieve como si fuese una diana! —le espetó la mamut.

Granito estaba aturdido.

—¡Ay, ay, ay, no entiendo nada! —se lamentó—. ¡Incluso oigo voces aquí debajo!

Mumú aguzó el oído.

—¡Un momento! —exclamó—. ¡Es cierto, yo también las oigo!

En efecto, alguien estaba gritando, pero el sonido llegaba amortiguado por el efecto de la nieve.

—¡Auxilio! ¡Socorro! —gritaba la misteriosa voz.

—¡Alguien está gritando! —dijo Rototom.

—¡Debe de estar atrapado bajo la nieve!

Todos callaron y aguzaron el oído.

Dos voces distintas rompieron el silencio que reinaba en la llanura....

—¡Socorro!

—¡Sacadnos de aquí! ¡Nos ha sepultado un gran alud!

Gladiola y Otelo reconocieron aquellas voces.

—¡Abuela Colmilla! ¡Prima Tenacilla! —gritaron a la vez.

—¡Sí, sí, somos nosotras! —respondió angustiada una de las voces—. ¡¡Sacadnos de aquí, por favor!!

Los niños no creían lo que estaban oyendo: ¡Granito se había dado el porrazo en el momento justo!

La nieve bloqueaba la entrada de una caverna gigantesca, así que nuestros amigos se pusieron manos a la obra con ganas y empezaron a excavar para poder liberar a las dos mamuts. Pero ¡el trabajo era más difícil de lo que parecía! La nieve se había congelado y estaba dura como el mármol. Ni las manos de los niños, ni las zarpas de Mumú, ni las patas de los dos mamuts lograban siquiera arañar la superficie.

—¡Hay que pensar algo! —dijo Alma, sin apenas aliento.

—Si al menos hiciese un poco de calor, la nieve se fundiría… —apuntó Otelo.

¡Bolas de nieve!

—¡Pues claro… el calor! —exclamó Mumú—. ¡Rápido, recojamos leña seca… para encender la hoguera más grande nunca vista!

Rototom, Alma y Granito corrieron en busca de toda la leña que hubiera por allí. Troncos, ramas, pedazos de corteza…

—¡Ya está! —dijeron por fin—. ¡Ya podemos encender la hoguera más grande de la prehistoria!

CAPÍTULO 10

MAMUTS BAJO
EL HIELO

Después de tanto nevar, el cielo se despejó por fin. El sol atravesó las nubes con sus rayos e iluminó la planicie.

Entonces Alma buscó los pedernales en sus bolsillos, pero no los encontró.

—Granito, ¿ayer por la noche no los tenías tú? —le preguntó.

Granito sudaba de los nervios, mientras buscaba por todas partes. En los bolsillos, en el zurrón del equipaje, en el saco de fruta, incluso entre el pelo de Rototom (despertando con ello a los piojos, que estaban durmiendo tan tranquilos). Pero no hubo nada que hacer: las piedrecillas habían desaparecido.

—Lo siento —murmuró Granito—. ¡Debí de perderlas después de encender el fuego! Pero tenéis que creerme, no lo hice a propósito y…

—No te preocupes, Granito… ¡tengo la solución! —dijo Mumú, abrazándolo con su cola.

Y dicho esto, sacó un poco de paja de su zurrón y la depositó sobre unas ramas. Luego cogió sus gafas y las puso sobre el montón de leña.

—¿Mirar la paja? —inquirió Granito, perplejo—. No sé si servirá de mucho...

—¡Chist! —lo hizo callar Alma—. ¡Mumú es muy inteligente y siempre encuentra soluciones impredecibles! Por lo tanto, esperemos, y veamos qué sucede…

Todos miraban al dinosaurio con los ojos muy abiertos y conteniendo la respiración. ¡¿Qué estaba haciendo?!

Mumú, muy concentrado, observó la posición del sol e inclinó las gafas sobre la paja y esperó.

De pronto, los rayos se concentraron en la superficie de las lentes y empezó a salir un poco de humo de la paja. Al cabo de poco, el fuego prendió en la leña y la encendió.

Mumú se alejó de la hoguera, mientras los niños y los mamuts lo miraban con la boca abierta.

—¡¿Cómo lo has hecho?! —le preguntó Rototom, incrédulo.

—¡Es magia! —exclamó Granito, admirado.

—¡De magia nada! ¡Es un simple fenómeno de refracción que leí en los grafitos! —les explicó Mumú—. Los rayos del sol convergen en la lente y proyectan calor en un punto preciso con mucha intensidad…

Los niños lo miraron perplejos. No habían comprendido ni una palabra. ¿Refracción? ¿Proyectar? Rototom tragó saliva: ¡tal vez sería buena idea empezar a estudiar en serio las lecciones de ciencias de Madame Popup!

El calor de la hoguera disolvió la capa de hielo y nieve que obstruía la entrada de la caverna y al rato, nuestros amigos ya pudieron entrar.

Pero la cueva no estaba vacía, como pensaban.

—¡Socorro! ¡Hay un tipo gordo y desgreñado que quiere emprenderla conmigo a garrotazos! —gritó Granito, antes de refugiarse entre las patas de Otelo.

Capítulo 10

Pero el mamut, tras observar detenidamente al «tipo gordo y desgreñado», estalló en una gran carcajada.

—¡Cálmate, Granito! —lo tranquilizó—. Ese tipo… ¡eres tú! Quiero decir que… ¡es tu reflejo!

En efecto, el interior de la gruta estaba lleno de estalagmitas y estalactitas de hielo que reflejaban las imágenes como en un laberinto de espejos…

—¡Estamos aquí! —les indicó una voz.

Otelo la reconoció.

—¡Es la prima Tenacilla!

Rototom vio la silueta de una mamut desconocida y fue hacia ella, pero…

¡PLONK!

Se golpeó con una gigantesca estalagmita que reflejaba la figura de la mamut.

—¡Pero si esto es un laberinto! —suspiró Alma—. ¡Me temo que muy pronto tendremos que volver sobre nuestros pasos!

—¡De eso nada! —exclamó Rototom, mientras se frotaba la nariz que acababa de golpearse—. ¡Seguidme!

Alzó la cachiporra y empezó a golpear aquí y allá: al cabo de pocos segundos, la gruta estaba llena de cubitos de hielo.

—¡Me tomaría una menta fresca! —dijo Granito, mientras sostenía un cubito entre los dedos.

Al fondo de la caverna vieron a dos hembras de mamut, débiles y ateridas.

¡Eran ellas, las dos mamuts desaparecidas!

DENTRO DE LA CAVERNA

La abuela Colmilla y Tenacilla se pusieron muy contentas.

—¡Otelo, Gladiola! ¡Por fin! —exclamaron a dúo.

La anciana mamut, que tenía todo el pelaje blanco y los colmillos desgastados, les contó a sus nietos lo que había sucedido.

—Al poco de huir, durante la tormenta de nieve que cubrió los bosques del Norte, tropecé con un agujero y tuve una mala torcedura —explicó.

—¡Una torcedura malísima! —confirmó Tenacilla, que era la nieta más joven y llevaba los mechones de la cabeza recogidos con un coquetón pasador de granito en forma de mariposa.

—Logré arrastrarme hasta aquí y ponerme a cubierto —prosiguió la abuela mamut—. ¡Y, por suerte, Tenacilla acudió en mi ayuda!

—¡Sí, sí, en su ayuda! —ratificó Tenacilla, que parecía repetir todo lo que decía la abuela.

—Más que una mamut, parece un loro —le dijo Granito a Rototom al oído, y éste tuvo que aguantarse la risa.

—Mientras estábamos aquí tratando de curarme el tobillo, oímos un ruido proveniente del exterior —siguió explicando la abuela Colmilla—. ¡La nieve acumulada en la entrada de la cueva se había desplomado, tapando la única vía de salida!

Gladiola apoyó la trompa en la grupa de la abuela.

—¡Oh, abuelita! —exclamó—. ¡Estaba tan obsesionada con escapar que no me di cuenta de nada!

Capítulo 11

—¡Por suerte, Tenacilla se encontraba conmigo! —dijo la abuela.

—¡Sí, estaba yo! —confirmó la joven mamut, al tiempo que sacudía su acicalada cabeza.

La anciana mamut suspiró y dijo:

—¡No veo la hora de salir de aquí!

—¡No se preocupe, señora…, déjelo en mis manos! —la tranquilizó Mumú.

Gracias a los conocimientos de medicina que había aprendido en los grafitos, Mumú logró entablillarle la pata a la abuela Colmilla para que pudiera caminar.

—Tratamos de excavar una vía de salida —les explicó la mamut, mientras la curaban—, pero la nieve ya estaba demasiado dura y compacta, así que nos quedamos aquí atrapadas… ¡comiendo moho congelado!

—¡PUAJ! —exclamaron los tres cachorros de humano.

Dentro de la caverna

Sólo entonces, la abuela reparó en aquel grupo de muchachos.

—¡Caramba… pero si son niños! ¿Y vosotros qué hacéis aquí? ¿Os apetecía tomar un helado?

—Ejem, pues la verdad es que… —le respondió Alma— ¡hemos venido expresamente hasta aquí para salvarlas!

—¿En serio? —preguntó incrédula la anciana mamut—. ¡Qué valientes!

Otelo y su prima Tenacilla ayudaron a encaminar a la anciana mamut hacia la salida, contenta de poder moverse de nuevo.

Ya estaban casi todos fuera, cuando de pronto Granito le dio un fortísimo tirón a la cola de Gladiola.

—¡Quietaaa! —gritó.

—¡AY! —se quejó ella, al tiempo que frenaba en seco—. Me has hecho muchísimo dañ…

Pero no pudo terminar la frase porque, un instante antes de que la mamut saliese de la caverna, una gigantesca estalactita cayó ante ella, destrozándole un pelo de la trompa.

—¡GRANITO! ¡Me has… me has salvado la vida! —exclamó Gladiola, confusa.

—¡Bueno, aunque no nos entendamos, jamás permitiría que te pasara nada! —respondió él.

Gladiola estrechó al niño en un abrazo dinozoico, que por poco le aplasta la barriga.

—¡Eres mi héroe! ¡Mi salvador! —le dijo aduladora.

—¡AHHH, suéltameeee! —gritó Granito—. ¡Me gustabas más cuando eras antipática!

Los dos salieron de la gruta entre las risas de sus amigos, que los esperaban fuera. El paisaje era un inmenso colchón de nieve, pero el sol ya parecía calentar más que antes y el grupo emprendió el camino a casa.

Mumú estaba contento, la misión había terminado bien, pero en sus ojos había un velo de melancolía. ¡Tampoco había encontrado a un semejante en las tierras del Norte!

—Vamos, Mumú —lo consoló Rototom, adivinándole el pensamiento—, ya verás como muy pronto encontraremos a tu familia. ¡La prehistoria es grande y vamos a explorarla toda!

—¡Pues claro! —añadió Alma, con determinación—. ¡Nosotros te ayudaremos a lograrlo! ¡¿Somos o no somos los amigos más megalíticos de la prehistoria?!

Mumú miró a los cachorros de humano y sonrió. Sus amigos tenían razón: ¡junto a ellos, un día lograría alcanzar su sueño!

Con confianza renovada, aceleró el paso. ¡No veía la hora de vivir una nueva aventura!

ÍNDICE

¿Queréis conocer a nuestro autor y a nuestra ilustradora?

ANDREA PAU

nació en 1981, en Cerdeña, de la que no puede estar lejos demasiado tiempo. Autor de la serie *Rugby Rebels* (Einaudi Ragazzi) y del cómic *Radio Punx*, ha colaborado con Piemme, Gaghi Editore y con distintos periódicos. Le encantan los Clash y la pizza con alcaparras y anchoas.

ERIKA DE PIERI

nació con los pies en Motta di Livenza y la cabeza en un castillo entre las nubes, al que regresa a menudo para refugiarse y dibujar, escribir, pintar y crear fragmentos de fantasía. Ha trabajado con Becco Giallo, Barbera Editore y Lavieri Editore. En su tiempo libre le encanta vivir aventuras junto a la pequeña Viola.